KB034074

를룸 그 한호롭

불화하는 말들

1판 1쇄 발행 2015년 9월 9일
1판 9쇄 발행 2022년 9월 28일

지은이 이성복
펴낸이 이광호
펴낸곳 ㈜문학과지성사
등록번호 제1993-000098호
주소 04034 서울 마포구 잔다리로7길 18(서교동 377-20)
전화 02) 338-7224
팩스 02) 323-4180(편집) 02) 338-7221(영업)
전자우편 moonji@moonji.com
홈페이지 www.moonji.com

© 이성복, 2015. Printed in Seoul, Korea
ISBN 978-89-320-2771-5 03810

이 도서의 국립중앙도서관 출판예정도서목록(CIP)은 서지정보유통지원시스템 홈페이지
(http://seoji.nl.go.kr)와 국가자료공동목록시스템(http://www.nl.go.kr/kolisnet)에서
이용하실 수 있습니다. (CIP제어번호: CIP2015022255)

불화하는 말들

2006
–
2007

이성복 시론

문학과지성사
2015

자서 自序

이 책은 2006년과 2007년 사이 시 창작 강좌 수업 내용을 김수상·박주연 씨가 시의 형식으로 정리한 것이다. 두서없는 이야기들을 격의 없는 어조로 가다듬어주신 두 분에게 깊은 감사를 드린다.

2015년 7월
이성복

0

시가 뜻대로 풀리지 않을 때는

네 가지 요소를 살펴봐야 해요.

작자, 언어, 대상, 독자.

모든 허물은 나에게 있다 하지요.

언어, 대상, 독자에 대한

나의 생각과 태도를 바로잡지 않는다면,

러닝 소매에 머리를 집어넣으려는 아이나

매연을 뿜으며 내달리는 트럭과 뭐 다르겠어요.

어디 시 쓰는 일에서만 그러할까요.

'안 좋은 시인의 사랑을 받는

남(여)자는 얼마나 안 행복할까.'

(『네 고통은 나뭇잎 하나 푸르게 하지 못한다』)

1

시 쓰는 공부는 가파른 길이에요.
자기 자신을 내거는 것이기 때문이지요.
결국 삶은 사라지고 시만 남겠지요.

예술과 삶은 거의 같이 나가는 것 같아요.
예술 가지고 장난치거나 멋 부리면 안 돼요.
무엇보다 정성이 있어야 해요.

공자의 스승 주공周公은 머리를 감다가도
손님이 오면 그대로 나가 맞이했다 하지요.
'구이경지久而敬之'라는 말처럼,
시는 끝까지 공경하는 마음을 잃지 않는 거예요.

2

기도에는 묵상기도meditation와
관상기도contemplation가 있는데,

묵상기도는 나 자신이 예수님의 생애를 기억하는 것이고
관상기도는 예수님이 나를 통해 자신의 생애를 기억하
는 거예요.

묵상기도의 '주체主體'가
관상기도에서는 '역주체逆主體'로 바뀌는 것이지요.

자신을 온전히 신에게 내맡기는 관상기도는
시 쓰기의 마지막 꿈이라 할 수 있지요.

3

영화 「나라야마 부시코」에서 노파 역의 배우는
돌절구에 이빨을 부딪치는 연기를 하는데,
실제로 두세 개를 부러뜨렸다 해요.

저처럼 겁 많은 사람은
예술 안 하면 안 했지, 그런 거 못 해요.

이런 게 예술가와 딴따라의 차이일 거예요.
예술, 자신의 전 생애를 거는 것!

4

"아담아, 너는 어디에 있느냐?"

인간은 이런 본질적인 물음을 늘 피해 다녀요.

시는 계속해서 그 물음을 되살리는 거예요.

시 쓰기가 불편한 것은 그 때문이에요.

시 쓰기는 세상과 자신에게 민감해지는 일이에요.

시인은 인생과 발가벗고 동침하는 사람이에요.

5

언제든지 나 자신이 욕먹는 방식을 취해야지.
남을 욕하는 방식은 영 아니에요.

로댕이 공방工房에서 일할 때, 한 장인匠人이 그랬대요.
"로댕, 그렇게 하면 깊이감感이 안 생겨.
이파리를 너 쪽으로 향하게 해봐……"

시라는 칼은 손잡이까지도 칼날이에요.
남을 찌르려 하면 자기가 먼저 찔려야 해요.

6

동산병원 의사로 계시는 임만빈 선생님이
수필집을 내셨는데 제목이 참 예뻐요.
『선생님, 안 나아서 미안해요』

이렇게 책임을 자기 쪽으로 돌려놓으면 예뻐져요.
'의미 있는 나'라는 것은 '깨지는 나'예요.
내가 깨져야 세상이 달라져요.

7

시는 면面을 만드는 거니까,
같은 것 안에서 다른 것으로 나가야 해요.

걸레 쥐어짤 때, 한 손으로 잡고
다른 손으로 비트는 것 아시지요.

걸레를 비틀어 짜면 땟물이 뚝뚝 떨어지지요.
그처럼 시를 쓰면 얻어지는 부분이 있어야 해요.

말의 비틀림을 통해 내가 누군지 알게 되고,
속절없지 않은 삶은 없다는 것을 깨닫게 돼요.

자득自得하는 부분, 스스로 고개를 끄덕이는 부분,
거기서 우리는 인생의 진면목을 보는 것이지요.

8

가려운 데를 박박 긁으면 쾌감이 있지요.
그러나 긁고 싶은 대로 다 긁고 나면
온통 피투성이가 되지요.

시 쓸 때 들어가는 문은 가려움,
나가는 문은 따가움,
들어가는 문은 부질없음,
나가는 문은 속절없음이에요.

언제나 가까운 데서 찾고,
다른 데서 가져오려 하지 마세요.
무엇보다 자기에게 절실해야 해요.
쓰고 나서 많이 아파야 해요.

9

시는 자신을 용서하지 않는 반성이에요.
어떻게 반성해야 할지 모르겠다고 하지 마세요.
'왜 나는 반성하지 않는가'도 반성이에요.

『논어』에서도 "인仁이 멀리 있겠는가?
내가 인을 원하면,
인이 바로 이를[至] 것이다" 하지요.

사랑은 사랑을 사랑하는 것이고,
반성은 반성을 반성하는 거예요.

10

골프 처음 배울 때,
양쪽 다리에 벽을 쌓으라 하지요.
벽이 없으면 힘을 모을 수가 없어요.

시 쓰기에서 양쪽 다리라 하면,
진정성과 언어감각일 거예요.

그러나 아무리 말재주가 뛰어나도
반성하는 정신이 없다면 무슨 소용이겠어요.

11

땅 주인은 자기 땅에 사는
벌레들을 무시하지요.
자기는 잠시 왔다 가지만,
그것들은 계속 살아왔고
계속 살아갈 존재들인데도 말이에요.

우리는 스스로 주인이 아니라,
하인이라 생각해야 해요.
귀한 분들의 삶이 다 그렇잖아요.
예수나 마더 데레사처럼 말이에요.

'하인下人'이란
'아랫사람'이라는 뜻도 있지만,
'다른 사람보다 아래 서는 것'을 말해요.

'거룩하다'는 것은

다른 사람을 거룩하게 만드는 거예요.

그러려면 스스로 낮은 자리에 서야 해요.

글쓰기는 오만한 우리를 전복시키는 거예요.

당연하게 받아들이면
피상적인 사고밖에 안 나와요.
예술은 불화不和에서 나와요.
불화는 젊음의 특성이지요.

나이 들어 좋은 글을 쓰는 건
정신이 젊다는 증거예요.
젊지 않으면 쓰나 마나 한 글,
써서는 안 되는 글을 쓰게 돼요.

우리가 할 일은
자기와 불화하고, 세상과 불화하고
오직 시詩하고만 화해하는 거예요.
그것이 우리를 헐벗게 하고
무시무시한 아름다움을 안겨다줄 거예요.

13

진정성을 가지고 뒤집으면, 모든 게 뒤집어져요.

이제까지 알고 있던 진실도, 거룩함도 다 뒤집어져요.

시가 안 되면, 나에게 뒤집음이 있는지 살펴보세요.

말하지 않고는 견딜 수 없는 것을 이야기하세요.

간절하게 묻고, 가까운 데서 찾아보세요 切問近思.

난간 끝으로, 뜨거운 물속으로 자기를 밀어 넣어야 해요.

14

존재가 점의 차원인 사물에 해당한다면
생성은 선의 차원인 사건에 해당해요.

존재에게는 삶과 죽음이 있지만,
사건의 차원에서는 끊임없는 생성 변화가 있을 뿐,
삶과 죽음은 무의미해요.

그래서 차원적 사고가 중요해요.
시 또한 차원적 사고의 한 형태예요.

15

시는 봉우리에서 봉우리로 건너뛴다는 말이 있지요.
산문은 골짜기를 다 내려갔다가 다시 올라오는 방식이에요.

'백척간두 진일보百尺竿頭 進一步'라는 말이 있지요.
더 이상 나아갈 수 없는 데서, 한 발 더 내밀어야 해요.

그러면 주체와 대상, 이승과 저승이 다 떨어져 나가는 걸 경험할 수 있다고 해요.
우리도 그 언저리까지는 가야 해요.

16

시는 조금 더 밀도 높은 글쓰기라 생각하면 돼요.

누가 제 시를 보고 나이에 안 맞게 뜨겁다고 하던데
제가 뜨거운 게 아니라,
제가 잡고 있는 문제가 뜨거운 거겠지요.

인생은 아픔이에요.
그런데 세상을 살면 아픔이 안 보여요.
우리가 아픔 속에 들어 있기 때문이지요.

17

시 쓰는 건 자기 정화淨化예요.

화장실에 볼일 보러 가듯이,

밥 먹은 다음 양치질하듯이

하루도 거르지 않고 할 일이에요.

우리는 그러지 않으면

금세 지저분해지는 존재예요.

이란 영화감독 마흐말바프의 말이에요.
"고통 없는 영화는 희망 없는 판타지다."

희망을 보여주기 위해서는
절망의 자리에서 서 있어야 해요.

'천강성'이라는 별이
길방吉方을 비추기 위해 흉방凶方에 자리하듯이……

시적 글쓰기는 희생을 전제로 해요.
그러기 위해서는, 무엇보다
고통을 감당할 용기가 필요해요.

19

우리는 말을 잘 안다고 생각하지만
말의 결과 재질을 거의 느끼지 못해요.
그래서 말을 함부로 하는 거예요.

시를 쓸 때는 무언가 묻어나게 하세요.
그 묻어나는 것이 사람을 아득하게 하고,
손 쓸 수 없게 하고, 막막하게 해야 해요.

죽은 이의 피부처럼 아무리 눌러도
돌아오지 않는 막막함, 그 막막함에
쓰는 사람 자신이 먼저 감전돼야 해요.

20

글 쓰는 건 저도 피하고 싶어요.
너무 막막하잖아요.

막막하다, 할 때 이게 사막의 '막漠' 자예요.
어디로 가야 할지, 얼마나 갈 수 있을지 모르는 거예요.

분명한 건, 이 막막함은 좋다는 거예요.
또는, 좋다고 받아들여야 하는 거예요.

바다 한가운데서 바라보는 막막함,
그 막막함으로 들어가면 누구나 수도자가 돼요.

21

씨앗 하나가 자랄 때
얼마나 막막하겠어요?

막막함은 시작도, 끝도 막막해요.
수평선과 지평선의 막막함……

막막함은 내 손에서 빠져나가는 것,
끝끝내 닿을 수 없는 것이에요.

이 막막함이 글에는 생명을 주고,
글 쓰는 사람을 정화淨化시켜요.

항상 막막함을 앞에다 두세요.
그러면 바르게 판단하고, 바르게 쓸 수 있어요.

글쓰기에는 치유의 힘이 있어요.

우리가 병들어 있음을 알게 하는 것도,

또 병에서 낫게 하는 것도 모두 내러티브지요.

그렇다면 이런 문장이 성립하겠지요.

'비유할 수 없는 것은 치유할 수 없는 것.'

23

시 쓰는 사람은 고정관념으로부터
자유로워야 해요.
'자기'라는 것도 관념일 뿐이에요.

습관과 무감각은 우리를 살게 해주지만
우리를 삶과 절연絶緣시키는 것이기도 해요.
시가 고통스러운 것은 고정관념을 벗기기 때문이에요.
그것은 우리 자신을 파괴하는 거예요.

시간과 공간을 낳는 것이 몸이라면,
그것들의 한계를 아는 것도 몸이에요.

『주역』에서 '근취저신 원취저물近取諸身 遠取諸物',
가깝게는 몸에서 취하고, 멀게는 사물에서 취하라고 하
지요.

글은 내 몸에 딱 붙여 써야 해요.
아무리 밀고 당겨도 나가떨어지지 않도록……

25

동그라미 정중앙에 있는 점點은
안정되어 보이지요.
그런데 한 귀퉁이에 찍힌 점은,
뭔가 불안해 보이지요.

그러나 다시 생각해보면,
동그라미 안 어디에 찍힌 점이든
중심으로 수렴되지요.

중심과 관계 맺으면 외로울 게 없어요.
"송이송이 눈송이 딴 데 떨어지지 않네"라는
방거사龐居士의 말도 그런 뜻 아닐까 해요.

'첫사랑'에 대해 먼저 '말'로 이야기해보세요.
글로 쓰는 것보다 훨씬 많은 것들이 묻어나고,
그 과정에서 몰랐던 걸 깨닫게 될 거예요.

쓰고 나서 내가 무진장 아파야 해요.
사랑은 소용돌이고 물결이고 벼락이라서
나도 모르게 바깥에서 덮치는 거예요.
사랑이 아닌 시가 어디 있겠어요.

'첫사랑'에 관해서 다시 써 오세요.

좀더 보이게, 생생하게,

그러나 다 써주지는 말고 모호하게,

그래서 여운이 남게,

그렇다고 첫사랑 찾아가서, 연애 다시 하진 말고. (웃음)

시인 줄 알고 빠지는 함정들이 몇 가지 있어요.
우선 비유가 많아야 시가 된다는 생각을 해요.
그런 시의 비유는 피상적이고 장식적이에요.

다른 함정은 시적인 정서가 따로 있는 줄 아는 거예요.
방금까지 깔깔거리던 사람도 시 쓰라고 하면
금세 그리움, 외로움, 괴로움 같은 폼을 잡아요.

마지막 함정은 시적 화자와 산문적 화자를 혼동하는 거
예요.
산문에서는 화자가 떡 버티고 서서 이야기를 끌어가는
데 반해,
시에서 화자는 모든 재량권을 '말'에게 주지요.

뭐든 바깥으로 꺼내 자랑하려 하지 말고
숨겨야 해요. 그래야 힘이 있어요.

'의금상경衣錦尙絅'이라는 말 있지요.
비단 옷 위에 삼베옷을 껴입는다는 거예요.
힘 좀 있다고 아무 때나 힘자랑하면 동네깡패밖에 안
돼요.

회암晦庵, 회재晦齋 같은 옛사람들 호에서
'회'는 '어두울 회'예요.
드러내지 말고 감추라는 거예요.

뭐 좀 안다고 자랑하면
독자가 웃어요.

30

김소월 시에는, 유행가 가사처럼 가다가
어느 순간 확 꿰어서 낚아채는 걸 볼 수 있어요.
끝에 가서 묶는 방식이 그렇게 중요해요.

또 「초혼招魂」에서처럼, 시의 화자가
실성하는 모습을 보일 때 확 빨려 들어가지요.
그렇게 해서 시인은 읽는 사람을 다치게 하는 거예요.

파묻어둔 김장독을 꺼낼 때
유물遺物 발굴하듯이 하지요.

자기가 하려는 애기가
부서지지 않도록 조심하세요.

여기서 물 한 말을 보냈는데,
저쪽에서 한 주전자밖에 못 받았다면
보낸 사람 잘못이에요.

그냥 배가 아프다, 하지 말고
'우리하다'든지, '콕콕 찌른다'든지
듣는 사람이 좀더 느낄 수 있도록 해주세요.

의미 전달은 가능한 한 '원 샷'으로,
오해가 없도록 해야 해요.

무슨 일이든지 균형 잡는 것이
중요하고 어려운 것 같아요.
자기 얘기를 너무 해도 지겹고,
안 해도 재미없어요.

그러니 삐딱하게 얘기해보세요.
중얼중얼하는 것 같은데,
확 빨려 들어가도록 말하세요.

쓰레기 태우는 데 가까이 있다가,
불길이 확 다가오면 놀라지요?
그렇게 하세요.

파도가 왔다 갔다 하다가,
확 다가오면 깜짝 놀라지요?
그렇게 하세요.

지난번 동해에서 6미터 높이의 해일이

소리 없이 다가와 몇 사람 데리고 갔지요.

좋은 시는 그런 거예요.

문학적 글쓰기는
'글쓰기의 불륜'이라 할 수 있어요.

홍상수 영화 「생활의 발견」에서
김상경이 원래 부산 가기로 했는데,
추상미한테 반해서 경주에서 내려버리잖아요.

위반하는 글쓰기라는 것도 그런 거예요.
쿤데라 식으로 말하면
작중인물이 작가를 배반하는 것이지요.

우리도 그렇게 할 수 있고, 그렇게 해야만 해요.
글쓰기에서 하지 않으면 어디서 하겠어요.

선생은 입구까지 데려다줄 수 있어도,
안으로 들어가는 건 여러분 몫이에요.

글쓰기가 자기 근육에 입력돼 있어야 해요.
씨름할 때 상대에게 딱 달라붙어야
힘을 쓸 수 있잖아요.

시 쓸 때도 남 얘기하듯 하지 말고,
무조건 달라붙어야 해요.
좀더 간절하게, 절박하게, 속절없이……

글쓰기는 젓가락으로 깨를 집는 것과 같아요.
분명히 집을 것 같은데 잘 안 되지요.
손과 머리가 따로 놀기 때문이에요.

테니스 처음 배울 때, 라켓 커버 씌운 채
몇 달 동안 연습한다고 하지요.
그래야 바른 자세를 익힐 수 있다고 해요.
글쓰기 또한 자세부터 만들어야 해요.

테니스에서 포핸드보다 백핸드가 쉽다고 하지요.
포핸드는 늘 하던 익숙한 동작이라
새 길을 입력入力하기가 어렵다 해요.

반면에 백핸드는 평소 하지 않은 동작이라
한 번 배우면, 다른 길로 빠질 가능성이 적다는 거예요.
귀때기 때릴 때도 백핸드로 때리진 않잖아요. (웃음)

글쓰기는 조금씩 나아지는 것이지,
처음부터 대단한 결과를 기대해서는 안 돼요.

나는 물건을 잘 못 찾거든요.
우리 집사람이 늘 하는 말이 있어요.
"찾아보지도 않고……"
못 찾는 게 아니라, 안 찾는다는 거예요.

농구선수 이충희가 그랬대요,
연습 끝나고 집에 간다 해놓고,
혼자 돌아와 공을 천 번 더 던지고 갔다고……

많이 쓰세요. 이 구석도 들여다보고
저 구석도 들여다보고……
민감하게 바라보세요.

38

휘파람, 젓가락질, 골프 스윙……
모두 반복 훈련해야
제대로 할 수 있어요.

시적으로 말하는 것도
계속해서 연습해야 해요.

연습할 때는 쉼보르스카 같은 시인의
어법을 빌려도 괜찮아요.
나중에 익숙해지면 그 틀을 뜯어내면 되니까.

어디 가서 푹 파묻혀
30쪽 짜리 노트 한 권 다 쓰고 오세요.

될 대로 되라 하고 쓰다 보면
글과 나 사이에 간극이 없어져요.

글 쓸 때 제일 중요한 것은 계란 잡듯이,

가볍게 시작하라는 거예요.

아무 부담이 없을 때 가장 맑은 목소리가 나와요.

지나가다가 가래침 한 번 툭 뱉듯이,

그렇게 아무 생각 없이 해야 해요.

40

시 쓸 때 유념해야 할 것은 부양浮揚이에요.
비행기가 이륙하는 느낌으로
달려가다가 스윽 떠오르는 그 맛……

처음엔 내가 먼저 이야기를 꺼내지요.
그런 다음 말이 말을 타고 슬쩍 떠오르기.

한 발 두 발 내딛는 척하다가
돌려차기로 때려주기,
그것이 인식이고 발견이에요.

시 쓸 때는 징검다리 건너듯이 해야 해요.
자기 원하는 대로만 갈 수 없잖아요.

또 산길은 산과 인간의 대화예요.
산이 굽는 곳에는 인간도 돌아가야 해요.

시는 우리 자신과 언어의 대화예요.
그러니까, 언어가 하려는 얘기를 귀담아들어야 해요.
시는 말하는 게 아니라 듣는 거예요.

시를 쓸 때 다음 세 가지를 유의하세요.

우선 말의 각角을 세우라는 거예요.
기와집 추녀 끝같이, 여자들 버선코같이,
꼭 그만큼만 들어 올려주면 돼요.

그리고 공깃돌 얘기했지요.
다섯 개면 충분히 묘기를 부릴 수 있으니까,
더 이상 욕심내지 마세요.

마지막으로, 첫머리에 나온 단어들은
시가 끝나도록 남아 있다는 것을 잊지 마세요.

43

낚시로 치면, 지렁이 미끼 끼우는 게 첫 행이에요.
그 미끼를 작은 물고기가 낚아채는 게 두번째 행이고,
그 작은 물고기를 큰 물고기가 무는 게 세번째 행이에요.

낚시꾼이 낚싯줄만 흔들지 않고 지켜보면
큰 물고기들이 알아서 와서 걸리는 거예요.
(그런 게 수동적 주의집중이에요)

또 공항에서, 여행 가방이 컨베이어벨트에 실려 나오는
것 보셨지요.
우리가 할 일은 컨베이어 돌아가는 것 지켜보다가
내 짐 나오면 내려주기만 하면 돼요.
(그 또한 수동적 주의집중이지요)

자기 손으로 물고기를 잡아채고,
자기 힘으로 벨트를 돌리려 하니 어렵지요.

44

주먹을 쓸 때는 팔을 뒤로 했다가,

그 반동으로 뻗잖아요.

모든 운동은 '백스윙'으로 하는 거예요.

완전히 꼬인 몸이 풀려나가는 힘으로 하는 거지요.

어느 예술에서나 백스윙은 필수적이에요.

45

시를 쓸 때는 멀리 가되

반드시 돌아와야 하고,

자기 땅을 확보해야 하고,

멀면서도 가까워야 하고,

보일 듯이 보일 듯이, 보이지 않아야 해요.

그래서 부정확한 게 가장 정확한 게 돼요.

동그라미 그릴 때,
손가락으로만 돌리면 얼마나 작아요.
그러나 손목과 팔꿈치와 어깨까지 동원하면
점점 큰 원이 그려지지요.
시는 더 큰 의식을 사용하는 거예요.

선생은 판을 짜주는 사람이에요.

여러분은 제 자궁 속에 들어온 겁니다.

자궁 외 임신도 있고, 임신 중절도 있긴 합니다만. (웃음)

저는 요즘 혼자 생각해보면,

몇 년 뒤에 여러분들이 제 환갑 챙겨준다고 할까 봐 겁
나요.

막 색동옷 입고, 춤추고, 그러면 어떡하나 싶고. (웃음)

환갑이든 영결식이든 조용히 지냈으면 좋겠어요.

또 시비詩碑 같은 건 너무 끔찍해요.

돌한테 얼마나 못 할 짓입니까.

몰라, 김수영이나 김소월 급 되면

돌 좀 힘들게 해도 될지 몰라도,

나머지 사람들은 그렇게 하면 안 돼요.

48

시는 말맛과 짜임새로 이루어져 있는데
말맛보다 더 중요한 게 짜임새예요.

연애에도 욕망에도 짜임새가 있지만
우리가 의식 못할 뿐이지요.

작품의 짜임새를 통해
인생의 구조 드러내기, 그게 다예요.

김수영의 「반시론」에, 술 먹고 창녀하고 자고 나서
다음 날 새벽길의 여학생들이
그렇게 깨끗해 보일 수 없다는 얘기 나오지요.
왜 그럴까요. 자기 자신이 추하므로!

퇴계 선생이 이질痢疾로 돌아가실 때,
방 안의 매화를 가리키며 말했다지요.
"매형梅兄을 밖에 내드려라.
이런 모습 보이기가 미안하구나."

미안未安, 아닐 미, 편안할 안.
아직 편안하지 않다는 거지요.
불안不安 하고는 달라요.

편지 쓰고 나서 누구누구 배상拜上이라 적지요.
요즘엔 형식적으로 적지만, 옛날 사람들은

정말 편지 써놓고 그 앞에서 절했다고 해요.

스승의 뒤를 따르는 제자 그림자처럼
아름다운 모습이지요.

언어는 너무 중요해서 늘 잊혀요.

작가는 언어를 배려해주는 사람이에요.

전선 피복被服 벗기면 여러 선이 나오듯이

언어는 여러 가닥으로 이루어져 있어요.

언어를 탐구하는 건 인생의 가닥들을 탐구하는 거예요.

우리 자신이 시를 쓴다고 생각하지만

우리는 다섯 행 정도 쓸 뿐, 나머지는 언어가 써요.

시는 언어가 스스로 번지면서 만들어내는 무늬예요.

산문은 '⋯⋯임에 틀림없다'는 확신을 주지만,
시는 '⋯⋯일지도 모른다'는 불안감을 주지요.
시는 삶 앞에 마주 서게 하고 눈뜨게 해요.

정상적인 언어의 흐름을 교란시킴으로써
삶의 치부恥部를 '순간적으로' 보여주는 것.

그건 카메라 조리개가 찰칵! 하고 열리면서
동시에 닫히는 것과 같아요.
또 어둠 속에서 성냥불을 밝혀 잠깐 환해졌다가
어두워지는 것과 같아요.

이주노동자들이 우리말 하는 것 들으면 재미있어요.
문학의 언어는 그렇게 더듬더듬하는 거예요.

작가는 모국어에 균열을 내는 사람이라 하지요.
그런 의미에서 소수자이고 이방인이에요.

바닷물이 몇 단계로 깊어지듯이,
언어에도 여러 단계의 깊이가 있어요.
가장 바깥에 일상어, 사회적 언어가 있다면
가장 안쪽에 옹알이 같은 무의식의 언어가 있지요.

'아브라카다브라Abracadabra' 같은 주문呪文은
의미가 묻어 있지 않은 기호계적 문자예요.
오직 음악으로서만 존재하는 언어지요.

시의 언어는 옹알이와 일상어 사이에 있어요.

53

꿈과 일상의 중간 지점이 몽상이에요.
자면서 꾸는 꿈에는 저항할 수 없지만
몽상은 자기 꿈을 몰아갈 수 있는 거예요.

잘 말하는 건 '반쯤 말하는 것'이라 하지요.
통제와 무질서 사이, 아는 것과 모르는 것 사이,
완전히 덮이거나 완전히 벗은 것도 아닌 상태에서
실성한 듯이 중얼거려보세요.

춤출 때나 스케이트 탈 때,
앞발 내어놓고 뒷발 살짝 갖다 대듯이,
앞말 벌려놓고 뒷말 살짝 붙여보세요.

북두칠성은 별들이 흩어져 있는 것인데
거기서 우리 마음은 '국자'를 보게 하지요.

우리의 지식은 편집된 것이고,
잘려나간 것들은 망각돼요.

예술가가 하는 일이란
잊혀진 것들을 다시 불러오는 거예요.

새로운 걸 본다는 건 새롭게 편집하는 것이고,
접혀 있던 것들을 펼치는 것 외에 다른 발견은 없어요.

동그라미를 그릴 때,

○ ○ ○ ○ 이렇게 연결하면 산문이 되겠지요.

그러나 시는 달라요. ((○)) ((○)) ((○)) ((○))

달무리 옆에 또 다른 달무리가 생기는 식이지요.

땅바닥에 돌을 늘어놓는 것이 산문이라면,

물에 던진 돌의 파문波紋을 연결하는 방식이 시예요.

말의 번짐과 퍼짐을 적극 이용하는 것이

시인이 할 일이에요.

내가 말을 부리는 게 아니라
말이 나를 부릴 때,
말의 무게와 불투명성을 느낄 수 있어요.
그건 참 좋은 소식이에요.

주먹이 아니라, 장도리의 무게로 못을 치라 하지요.
말을 할 때도 그렇게 해야 해요.
연못에 돌을 던지면, 여러 겹의 동심원이 생겨나듯
말의 파문이 퍼져 나가도록 해야 돼요.

시의 언어는 중층결정重層決定이에요.
시의 애매성이란 우리가 알고는 있지만,
설명할 수 없는 어떤 것을 가리키는 거예요.

수천 킬로 이동하는 물고기는
제 허리를 비틀어서 가는 거예요.
말이 제 허리를 비틀어서 가도록 하세요.

말이 장난치게끔 해야
생생한 리듬을 얻게 돼요.

언제나 '보이게끔' 얘기해야 해요.
우리의 뇌는 '구체적 이미지'라는
산소를 공급받지 못하면 잠들어버려요.

58

아이들은 평평한 길을 갈 때에도
빈틈을 골라 폴짝폴짝 뛰면서 가지요.
시가 말하는 것도 그런 방식이에요.

시도 말장난이지만,
깊이에 닿아 있는 말장난이에요.
그러나 깊이를 바로 드러내려 해서는 안 돼요.
깊이는 땅을 파면 생기는 구멍 같은 거예요.

시적 글쓰기는 비틀기, 틈새 만들기, 어긋나기예요.

가령, '나는 밥을 먹고……'라는 말 뒤에
'밥그릇 속에 잠시 앉아 있었다'는 말을 끼워 넣으면
생각지도 못한 일이 생겨나지요.

문장을 살짝 비틀기만 해도
새로운 인식이 생겨나요.
그건 어둠 속에서만 볼 수 있는 섬광閃光이에요.

우리가 시를 쓰는 건
섬광과도 같은 문장 하나를 만나기 위해서예요.

시 쓸 때 헛소리하는 걸 두려워하면 안 돼요.
단, 시간 장소 사건을 같이 가져가야 해요.

탑 쌓듯이 기단부基壇部는 딱 잡아두고,
말이 번져 나가는 것을 적극 수용하세요.

글 안에 우연과 돌발변수를 집어넣으세요.
말에 실려 가는 모험을 해야 해요.

61

실은 같은데, 니트를 짜놓은 것과
퀼트 해놓은 건 다르지요.

쌀은 같은데, 떡 빚어놓은 거랑
밥 지어놓은 게 다르지요.

그처럼 언어는 같아도, 말하는 방식에 따라
시와 시 아닌 것이 생겨나요.

62

자전거 처음 배울 때,
페달 밟는 힘이 있어야 균형도 잡을 수 있지요.
핸들 움켜쥐고 부들부들 떨지 말고,
일단 발을 굴러보라 하잖아요.

그처럼 어떻게 쓸지 머리만 싸매지 말고
말을 굴려, 말에 실려 가는 글쓰기를 해보세요.

63

사막의 은수자隱修者 얘기예요.
마귀의 유혹이 하도 심해 움막을 박차고 나서려니까
마귀가 따라 나오면서 "구두끈은 제가 매드리지요" 했
대요.

의식이란 놈은 죽을 때까지 우리를 따라다녀요.
사실은 우리가 의식을 붙들고 있으면서
왜 안 놓아지나, 하고 고민하는 거예요.

머리가 자꾸 개입하니까 시가 안 되는 거예요.
그러기에 '수동적 주의집중'이 필요해요.
마른 걸레로 엎질러진 물을 빨아들이듯이,
말이 말을 불러오도록 해야 해요.

생각이 많으면 언어의 유혹에 잘 안 걸려요.

시인은 언어를 자유롭게 풀어놓는 사람이에요.
언어를 부릴 생각 하지 말고, 언어의 부림을 받아야 해요.

시인은 딴따라예요.
항상 상床 엎을 준비가 돼 있어야 해요.

바닥을 치는 잡놈이어야 하고,
남에게 쪽팔리는 것을 두려워해선 안 돼요.

65

시의 화자는 말의 유혹에
희생되는 사람이라고 할 수 있어요.

말은 소리와 의미의 길을 따라
고구마 줄기처럼 퍼져 나가요.

가령 '청도' 하면 '도청'이 생각나고
5·18이 떠오르지요.

'아래아 한글' 쓰다 보면
마우스가 메뉴의 도구상자 위를 지날 때가 있어요.

거기다 가만히 커서를 올려놓으면
'미리보기' '인쇄' 같은 안내글자가 떠오르지요.
말이란 그런 식으로 우리에게 다가와요.

김소월 시에, "불귀, 불귀, 다시 불귀"라는 구절 있지요.

이때 '귀'는 돌아간다는 의미겠지만,
귀신을 연상시키지요.
또 불귀의 '불' 자가 타오르는 불을 생각나게 해요.

그리고 '불귀'라는 말 자체가
'불구'라는 말을 떠올리게 하지요.

이처럼 말은 덩어리째로 존재하는 것인데
우리가 자꾸 경계 지으려 하는지도 몰라요.

시골장터에 곡마단 오면, 꼭 딸려 가는 여자들 있지요.
남사당 한 번 오면, 마을에 몇몇 여자가 없어진다잖아요.
그런 식으로 말에 딸려 가도록 하세요.

연상에는 두 가지 길이 있어요.
의미의 길과 소리의 길이지요.

소리의 길은 말의 물질성을 따라가는 거예요.
가령 '깡통' 하면 '동강'이 바로 나오지요.
강원도 영월의 동강에 다녀왔든 아니든
말 속에 숨어 있던 '동강'이 툭 튀어나와요.
말소리 때문에 없던 추억도 생기는 거지요.

시가 안 될 때는 "간장공장공장장……"
이런 말장난을 대여섯 번 하고 시작해보세요.

절대적으로 말을 받들어야 해요.
말이 나를 이끌고, 말로 인해 내가 뒤집어져야 해요.

68

능수능란한 삶이란 없지요.
단 한 번이기 때문에……

예술은 우리를 여러 번 살게 해주는 통로예요.
글쓰기는 매순간 다르게 살아보는 것이지요.

한 편의 시는 한 편의 인생 쓰기예요.
잘 쓰는 게 잘 사는 거지요.

그러기 위해서는
비둘기 목 색깔처럼 순간순간 달라지는
언어의 빛깔에 민감해야 해요.

69

말을 벗기려면 내가 먼저 벗어야 해요.
연애할 때 서로 옷을 벗잖아요.
말은 에로틱한 거예요.

말은 참 민감해요.
가령, 별에 갈 수는 없지만
'별을 향해 갈 수 있다'든지
하느님이 될 수는 없지만,
'하느님과 일치할 수 있다'든지

이렇게 조금만 바꾸어도,
완전히 다른 그림이 나오잖아요.

'시간이 절반 갔다'는 말은 그냥 사실이지만,

시간이 절반'이나' 갔다,

시간이 절반'만' 갔다 하면 이야기가 만들어지지요.

그처럼 시는 조사나 허사, 접속사 같은 데 있어요.

용미리 추모공원에서 엮은 『눈물의 편지』라는 책에,

'은선'이라는 아가씨가 쓴 편지가 있어요.

거기 "내 이름 한 번 불러주지 않고……"라는 말이 나와요.

'않고……'라는 이 한 마디에

온갖 설움과 원망이 다 스며 있어요.

'고' 자 한 자 잘 쓰는 게 시 잘 쓰는 거예요.

시는 쓰는 사람에게 있지 않고,
전적으로 '말'에 있어요.

　　　　　・

돌을 실에 묶어 빙글빙글 돌리다 보면 어느 순간,
돌이 도는 힘으로 팔이 움직이게 돼요.

그 느낌으로 글을 쓰세요.
늘 드는 비유지만, 외양간에서 소를 끌어낸 다음
앞세우고 밭으로 가는 것과 마찬가지예요.

아무 때나, 아무 데서나, 어떤 제목이 주어져도
쓸 수 있도록 하세요.
여러 번 그렇게 하고 나면 쉬워져요.

언어의 소리와 빛깔에 민감해지도록 하세요.
항상 낯선 데로, 어려운 데로, 모르는 데로 향하세요.

글을 쓴다는 건 말을 사랑하는 거예요.
작가는 말이 제 할 일을 하도록 돌보는 사람이에요.

글은 내 몸을 빌려 태어나는 것이지,
내가 만드는 게 아니에요.

73

시는 전적으로 말의 일렁임,
술렁임, 속삭임이에요.
시는 뭔지 모르는 거예요.

'오직 모를 뿐只不知!'

시를 쓰고 나서, 읽고 나서
그게 무슨 뜻인지 몰라야
밥에 뜸이 들고, 물이 끓는 거예요.

시를 임신하고 싶으면
'모르는 것'과 섹스하세요.

쿤데라가 인용하는 어느 체코 시인의 시구,
"정오에 가끔씩 밤이 강가로 가는 것을 보았다."
거의 실성한 중얼거림이지요.

그 시인의 또 다른 시구,
"말 위에는 죽음과 공작새"
이건 환각이나 착란에 가깝지요.

이렇게 입안에서 중얼거린 말이
시의 첫 구절이 되는 경우가 많아요.
이런 구절들은 어떻게도 설명할 수 없지만,
어떻게도 설명할 수 없기에 아름다운 시가 돼요.

말과 말 사이를 벌려나가야 해요.
그렇게 하고 마지막에 가서 잡아주면 돼요.

산 끝자락이 되올라가는 것을 두고
'회룡고조回龍顧祖'라 하지요.
용이 휙 뒤돌아보는 모습.

글쓰기도 그래요.
끝에 가서 흐름을 거슬러야 힘이 생겨요.

마지막에 부르르 손을 떠는 헌병들의 경례,
시도 그런 게 아닐까 해요.

배구를 발리볼volley ball이라 하지요.

공이 바닥에 떨어지기 전에 쳐야 해요.

시도 의미가 파악되면 바로 죽어버려요.

무협영화 고수들은

공중에서 날아다니며 싸우지요.

땅바닥에 내려서면 산문이에요.

시는 이미지에서 이미지로

건너뛰는 거예요.

묘사하고 설명하는 시는 이미 죽은 거예요.

시는 일차적으로 언어라는 것을 잊지 마세요.
언어의 자장磁場 속에 우리가 동원되는 거지요.

언어 안에는 잊혀진 무언가가 숨 쉬고 있어요.
그것을 찾으려면 언어와 함께 숨 쉬어야 해요.

시인은 언어로 땅을 두드려 길을 찾는 사람이에요.
시인의 언어는 도굴꾼의 지팡이 같은 거예요.

시는 고도로 에너지가 충전된 언어예요.
음악과 이미지는 보조 장치이고,
충전의 원동력은 말의 비틀림에 있어요.

앞뒤를 잘 잡고 비틀어야 시가 돼요.
"너나 잘 하세요." "미안해요, 씨발놈아!"
"인생의 반은 그대에게 있어요.
나머지도 나의 것은 아니죠."

비틀림이 충격과 감동을 가져와요.
자기 글에 통렬한 비틀림이 있는지 잘 보세요.

79

시의 언어는 잡고 있으면 막 꿈틀거려요.
산문이 막대기를 잡고 있는 것 같다면,
시는 뱀을 잡고 있는 거예요, 꿈틀 꿈틀 꿈틀⋯⋯

시의 언어는 벗어나고 거스르는 언어예요.
마찰과 저항이 없으면 쾌감도 없어요.
마음속 뒤틀림이 있어야 시가 돼요.
그래서 악마주의가 시에 가깝다는 거지요.

시의 언어는 뒤통수치는 거예요.
바람피울 생각을 하라니까요, 항상.
따분한 얘기로 독자를 괴롭히지 말고
당장 사기 칠 궁리를 하세요.

살바도르 달리는 돈을 많이 밝혀,

'달러에 미친 놈'이라 했대요.

그런데 이 말은 그의 이름 안에 다 들어 있어요.

Salvador Dali = Avida Dollars

이것을 애너그램anagram이라 하는데,

시도 그 일종이라 할 수 있어요.

시 또한 색맹 검사할 때처럼,

숨은 패턴을 찾아내는 거니까요.

철새들은 호주에서 새만금까지
이박 삼일이면 도착한대요.
기류氣流를 타기 때문이지요.
흐름을 타는 것과 못 타는 것,
그게 시냐 아니냐를 결정하는 거예요.

나선螺線 탄도를 통과한 총알은 힘이 실리지요.

또 아이들 갖고 노는 비행기는

감긴 고무줄 풀리는 힘으로 날아오르지요.

그처럼 꼬인 말이 풀리는 힘으로

시는 떠오를 수 있어요.

83

모든 예술이 그렇듯이
시는 일차산업이고 철저히 수공업이에요.
시 쓰는 사람은 말을 꼬기만 할 뿐,
시가 어느 방향으로 나아갈지는
말이 알아서 할 거예요.

차 안에 열쇠를 두고 문을 잠그면,
밖에서 문 따는 방법이 있지요.
긴 자[尺]를 넣어 창틈을 벌려주고,
구부린 철사를 집어넣어 딱 걸어서 빼내기.

그처럼 단어와 단어, 행과 행 사이를 벌려줘야 해요.
좋은 게 좋다는 식으로 화해하게 하면 안 돼요.
평화를 얻으려면 불화不和가 먼저 있어야 해요.

브레히트는 말을 어떻게 다룰지 알아요.
"단어들에게 허영심을 가지게 하면 안 된다.
그것들에게 책임을 지우고,
무거운 짐을 지게 하는 것이 필요하다."

골프채 끝에 천근만근의 짐을 지우라는 말을 하지요,
그래야 온몸이 따라 움직이니까요.
단어 끝에도 그만한 무게를 실어야 해요.

글에 힘이 실리려면
침묵과 희생이 뒷받침돼야 해요.
좋은 글 앞에서 부끄러워지고
삼엄해지는 것은 그 때문이에요.

산문은 대낮에 평지를 걷는 것과 같아요.
다음에 무슨 말을 할지 훤히 보이니까요.

시는 밤에 등불을 들고 오르막길을 걷는 거예요.
가고 있다는 사실만 알 뿐, 앞을 내다볼 수가 없어요.
이때 등불은 언어겠지요.

시는 인생과 참 많이 닮았어요.
나중에 어떤 손자를 볼지,
언제 어디서 죽을지 알 수 없듯이,
시가 어떻게 끝날지는 시 쓰는 사람도 몰라요.

시는 언제나 '어떻게 살아야 하는가'를 물어요.
그 물음은 윤리와 맞닿아 있고,
그래서 아름다운 거예요.

시는 '위기지학爲己之學'이에요.
자기를 닦는 공부지요.

언어는 삶 이상으로 고결할 수 없고,
삶 이하로 추악할 수도 없어요.

언어는 밥이며 똥이에요.
예쁜 척하지 마세요.
호들갑스러운 것은 아름답지 않아요.

바깥은 말장난처럼 하되 속은 쓰려야 해요.
나긋나긋한 말 속에 쓰라림을 숨기세요.

낮은 목소리로 이야기하세요.
흔히 시적이라 하는 건 오히려 시와 멀어요.

시의 말은 철들기 전의 말이에요.
시는 큰길이 아니라 골목길에 있어요.

특이한 것들은 내가 할 얘기가 별로 없어요.
어리숙하고 시답잖은 것이 좋은 거예요.

바래고 칙칙한 것들을 디테일로 사용하고,
멀쩡한 것들 안에 칼날을 숨기세요.

시의 자리는 몸과 마음이 아픈 곳이에요.
그리로 언어가 뻗어가도록 하세요.

새끼 꼬듯이 말을 돌려보세요.
말을 비틀어야 의미가 우러나요.

시의 언어는 단도직입單刀直入이에요.
쏜살같이, 빈틈없이 찔러 넣어야 해요.

항상 자기를 겨냥해야 해요.
좋은 것은 대상에게 주고,
나쁜 것은 내가 갖도록 하세요.

모기가 다가올 때는 모르고 있다가,

가고 나면 점점 가려워지고,

띵띵 부어오르면서, 기분이 안 좋지요.

시도 그렇게 와야 해요.

또 갈 때도 그렇게 가야 해요.

시와 산문의 차이는
피아노와 실로폰의 차이예요.

피아노는 건반을 눌러
소리를 내지만,
실로폰은 일일이 때려주어야 하잖아요.

강약을 조절하는 데도 차이가 있어요.
피아노는 페달을 밟아 하지만
실로폰은 일일이 팔힘으로 조절해야 해요.

시 쓸 때 그 차이를 느껴보세요.

말을 적게 하면 있어 보여요.
말을 다 해버리면 없어 보이는 거예요.

돈 받으러 가서 주머니에 손 넣고
조몰락거리면 겁먹어요, 칼이 든 줄 알고……

있어 보이려면 딴소리하지 말아야 해요.
그냥 "잘 지내시지요. 식사는 잘하시고요……"

이렇게 말할 줄 아는 사람이 시인이에요.
할 말과 안 할 말을 구분할 줄 아는 거지요.

정현종 시인의 '견딜 수 없네'
'어디 좀 가 있다가' 이런 제목들 참 좋지요.
한 번 물면 대가리가 끊어지도록
안 놓는다는 게 이런 표현일 거예요.

안전벨트 매어놓으면,
일부러 풀기 전에는 절대 안 풀리지요.
그런 식으로 꽉 물고 안 놓는 구절이 있어야 해요.

다음 주에 써 오실 시의 첫 행은
'왜 그렇게 안 살아? 내가 원하는데……'

결혼할 때,
아파트 바로 옆집 사람이랑 해서 되겠어요.
말도 너무 가까이 붙이면 재미없어요.

그렇다고 외국 사람이랑 하는 것도 거북하고……
말을 너무 멀리 띄워도 안 된다는 얘기예요.

윷놀이할 때 지름길 놔두고,
가장자리로 한 바퀴 돌고 나면 맥빠지지요.

말을 겅중겅중 건너뛰되
정확하게 연결하세요.

자, 그렇게 해서 붙여올 글의 첫머리는
'아침이 됐다고 지난밤이 사라지는 건 아니야.'

95

우리 다들 결혼할 때
뭐 있었어요.

살림하면서 모은 돈 불려
집도 사고 차도 샀지요.
시도 그렇게 쓰는 거예요.

'말'을 잘 굴리세요.
그 속에 다 있어요.

다음에 붙여 오실 글은 뭐가 좋을까……
'왜 그땐 몰랐을까?'로 시작하고,
'봄에 내리는 눈'을 연상하세요.

착실하게 한 행 한 행 붙여가는
연습이 제일 중요해요.

고스톱 칠 때, 손에 든 거 한 장 내놓고
바닥의 것 들칠 때의 느낌 아시지요.

그 설렘으로 다음 행을 이어주세요.

다음 시간까지 '붙여 쓰기' 해올 첫 줄은
'오늘 밤은 안 돼.'
무슨 얘기가 나올지 저도 궁금해요.

97

첫째, 재미있게 얘기하기.
둘째, 행과 행 사이 벌려주기.
셋째, 절대 산문으로는 안 가기.

사실 셋 다 같은 얘기예요.

개그라도 좋으니까
제발 재미있게 써보세요.

생생하게 뉘앙스를 살려
써 올 첫 구절은
'이런 건 별로 안 좋거든?'

언제나 말할 수 없는 것에
닿으려고 해야 해요.

쓰다가 막히면
위에서부터 다시 시작하세요.

등산할 때, 길 잃으면
출발한 데로 되돌아가듯이……

소주 두 잔의 상태를 유지하면서,
다음에 써 오실 구절은
'다시 울 일이 없다.'

99

각각의 제목에 다른 단어 하나씩을
연결시켜보세요.
그냥 감각적으로, 떠오르는 대로……

그러면 생각이 제멋대로 뻗어나가고
말이 말을 따라가게 될 거예요.

이렇게 수십 번, 수백 번 연습하면
어떤 공이 와도 칠 수 있는 타자打者,
어떤 배역을 줘도 소화하는 배우가 될 수 있어요.

다음 주까지 써 올 시의 첫 줄은,
'아무도 안으로 들어가지 못했다.'

시는 절대적으로 말하는 방식에 있어요.

시답잖게 써나가다가
확 낚아채는 구절이 있어야 해요.

안 그러면 '시리한' 말장난밖에 안 돼요.
그럴 바엔 삭발하는 게 나아요.

올해 안으로 뭐라도 안 되면,
다 같이 삭발하겠습니다. (웃음)

12월 24일 오후 5시까지 제 이메일로
시 한 편 '붙여 쓰기' 해서 보내세요.

이날 자정 안으로 답장 없으면,
자발적으로 삭발하세요. (웃음)

세 안긴 지미 첫 물은

내 영이 조금씩 밝아진다.

시의 첫 구절에서 독자를 사로잡아야 해요,
전에 나훈아 기자 회견 하는 것 보셨지요.
도입부에서 분위기를 딱 장악하잖아요.

그 안에 글쓰기의 기술이 다 들어 있어요.
밀고 당기다가, 뒤에 가서 확 뒤집고, 감동으로 끝내기.

'기승전결'할 때, '결結' 자에는
실 사絲 변이 들어 있지요.
들어갔다가 나올 때는 반드시 홀쳐매야 해요.

시는 드리블이에요.
전적으로 말을 몰아가는 거지요.

관념의 방어막을 뚫고
'무의미'의 골대 안으로 말을 차 넣는 거지요.

독자들은 드리블하는 그 모습을
보고 싶어 하는 거예요.

우리는 쓸데없는 짓을 하면서도,
무엇이 잘못됐는지 잘 몰라요.
상식과 고정관념을 벗어나야 하는데,
점점 더 깊이 빠져들어가요.

대상 스스로가 벗는 거지,
내가 대상을 벗기는 게 아니에요.

글쓰기는 '나'를 파괴하는 거예요.
칼끝을 자기에게 닿게 하세요.

독자는 작가가 피 흘리기를 바라요.
복싱경기 보러 갔는데, 두 선수가 실실 웃으며
사이좋게 싸운다면 기분이 좋겠어요.

피 안 흘리면서, 흘리는 것처럼 사기 치는 걸

독자는 제일 싫어해요.

독자를 속일 수는 없어요.

눈은 송이송이 우리 옷에 내려앉지만

한참 맞고 나면 옷이 젖잖아요.

그렇다고, 이왕 녹을 거, 아예 물로 내리면 재미없지요.

시의 언어도 눈송이 같아야 해요.

시를 읽고 나면 독자의 어딘가가 젖어 있어야 해요.

오만한 독자에게 칼을
어디로 들이댈지 생각해보세요.

독자는 거의 애들 수준이에요.
조금만 지루해도 딴짓을 하게 돼 있어요.
욕을 하든 칭찬을 하든 지루하게 해서는 안 돼요.

안톤 슈냐크의 「우리를 슬프게 하는 것들」은
전부 다 잘 써버리니까 오히려 긴장이 풀어져요.

독자는 우리 머리 꼭대기에 앉아
우리가 못 보는 것을 다 보고 있어요.

시는 농담 따먹기 구조로 되어 있지만
독자를 훑고 지나갈 때는 몸서리치게 해야 해요.

가장 아름다운 시는
실성한 사람들의 헛소리를 닮아 있어요.

사람 죽으면 관棺 짜서 구덩이에 넣고,
그 위에 흙 떨어뜨리는 느낌,
그 느낌이 시에 내려올 수만 있다면……
그럼 다 된 거예요.

107

우리는 대상 자체를 만날 수 없어요.
대상에 대한 관념을 만날 뿐이지요.
예술은 대상에 '기스'를 내어
그 내부를 들여다보게 해줘요.

땅에서 넘어지면 땅을 짚고 일어나듯
우리가 넘어지는 곳도 언어이고,
짚고 일어나는 곳도 언어예요.

저번에 같이 보았던 사막 사진의
검은 구멍들 생각나시지요.
글쓰기는 그런 구멍들을 그려 넣어주는 거예요.

구멍은 내 속에 있지만 나는 아니지요.
그림자처럼, 발자국처럼
'부재'로서 존재하는 것들.

아주 가까이 있지만, 끝내 닿을 수 없는 것들에게
말을 걸어주어야 해요.
그런 것들의 우여곡절을 만들고, 들어주는 거예요.

109

무엇보다 '시적인 것'이 숨어 있는 구멍을 잘 찾아야
해요.
귓구멍으로 백날 냄새 맡아봐도 맡아지지 않잖아요.

한 행에서 다음 행으로 넘어갈 때도,
반드시 시의 구멍을 통과해야 해요.
실패하더라도, 계속 시의 구멍 앞에 서 있어야 해요.

번번이 힘들 거예요.
그렇지만 귀한 건 다 어렵게 얻어져요.

110

두께가 없는 종이 한 장도
다른 종이 한 장과 겹쳐주면 부피가 생겨나지요.

평면은 세상에 널려 있어요.
부피를 만들어주는 게 시인의 할 일이에요.

111

점 하나가 있으면 아무것도 아니지만
점 두 개가 있으면 선이 되지요.
점 세 개가 있으면 면이 생겨요.
우리는 글쓰기를 통해 반드시 면面을 만들어야 해요.

여기다 점을 하나 더 보태면 깊이(높이)가 생기는데
그건 '말할 수 없는 것'에 닿는 거예요.
거기까지는 못 가더라도, 적어도 면은 만들어야 해요.

발목이나 손등에 지나가는 핏줄 보세요.
그 푸른 선들, 하늘빛을 닮은 정맥들 말이에요.

정맥에는 더러운 피가 흐르는 줄 알았는데
어떻게 푸른빛이 날까?
그런 느낌 참 좋지요.

또 여드름 짜다가 말라붙은 자국,
입가에 묻은 하얀 침 자국 같은 것들,
그 느낌도 참 좋지요.

그런 재료들 모아두고 있으면
어느 순간 자기 글에 들어오게 돼요.
그것이 '잃어버린 시간'을 되찾는 거예요.

우리 모두가 남이 아니듯,

봄냉이 한 가닥만 얘기해도,

모든 얘기가 절로 흘러나오게 돼 있어요.

시가 묘사로 그쳐서는 사진을 못 따라가요.

하지만 사진에는 어조가 없어요.

그 어조를 써줘야 해요.

살인자가 "안 죽였습니다아……" 하는 그 어조,

그게 그 사람의 전부예요.

그때 어조는 디테일이에요.

어조 이상으로 중요한 게 디테일이에요.

교장선생님들 연수 따라가 보면

아침 먹고 나서 다들 약 한 보따리씩 내놓는다 하지요.

또 관광버스 내릴 때면

엉거주춤 옆으로 발을 내딛는다 하지요.

그런 게 디테일이에요.

문학이란 디테일들의 모음[集]이에요.

언뜻 봐서 시 될 것 같은 것들은

오히려 시로 쓰기 어려워요.

쓰다 보면 산문이나 수필로 흘러버리지요.

그럴 때는 첫 단을 쳐내고 다시 시작해보세요.

일상에서 사소한 것으로 밀려난 것들이
문학 판을 짤 때 제일 중요한 게 돼요.
그래서 쓰레기통을 자주 들여다보라는 거예요.

언제나 사소한 것을 통해
말할 수 없는 곳에 닿으려 해야 해요.
좋은 것은 언제나 말할 수 없는 것이에요.

시를 통해 우리는 자기 안에 있지만
자기도 모르는 아름다움을 알게 돼요.

116

로댕이 그랬다지요.

"평범한 것은 바보나 대가만이 건드린다."

항상 평범한 걸 귀하게 생각하세요.

신기한 건 노리지 마세요. 오래 못 갑니다.

고기 많은 물 보고 '고기 반, 물 반'이라 하잖아요.

이 세상은 '세상 반, 시詩 반'이에요.

어릴 때 책받침 위에 쇳가루를 뿌려놓고
그 밑으로 자석磁石을 움직이며 놀던 생각나세요.

시를 쓰다 보면 자석 지나가는 것처럼
말이 드르륵 달라붙게 돼 있어요.

꿈도 이런 식이지요. 그렇게 해서
우리 안에 묻혀 있던 것들이 불려나오지요.

118

반바지 입고 오줌 누면,
오줌방울이 다리에 다 튀어요.

아무래도 앉아 눠야겠어요. (웃음)

종아리의 그 젖은 느낌은
헐벗은 인생의 은유예요.

그런 게 디테일이에요.
어떤 글에 들어가도 감동적일 수 있어요.

바예호의 시는 헛소리와 잡음이 많아 싱싱해요.
시에서 헛소리는 진실하고 윤리적이에요.
김수영이 그러잖아요.
"헛소리가 헛소리가 아닐 때가 온다."

시에서 '잡雜' 자가 들어가는 것은 다 중요해요.
잡놈, 잡년, 잡것, 잡소리, 잡생각, 잡탕……
모두 세상에서 버려진 것들이지요.

시는 버려진 것들을 기억하는 것이고
그래서 인생에 대한 사랑이에요.

시의 윤리는 순간적인 각성이에요.
내가 얼마나 잡놈인가를 보여주면
읽는 사람 누구나 감동받게 돼 있어요.
읽는 사람도 잡놈이기 때문이지요.

말이 극단적이라 해서 시적인 것은 아니에요.

젠체하거나 멋 부리지 마세요.

언제나 삶의 실상 앞에서 숙연해야 해요.

항상 '대상 먼저!'라는 사실을 명심하세요.

대상을 자기감정에 끌어 쓰지 말아야 해요.

시는 물수제비뜨는 거예요.
언어라는 수면水面 앞에 한껏 몸을 낮추는 거지요.

시는 절대적으로 듣는 방식이에요.
대상이 하려는 말에 귀를 기울여야 해요.

내 얘기를 하지 말고, 대상의 얘기를 하세요.
의미는 숨기고, 말의 감촉을 느끼도록 하세요.

언어에서 언어로 건너뛰다 보면
내가 할 일이 별로 없어요.

동질적인 재료로 동질적인 판을 짜세요.
만두피처럼 단단히 붙여야 해요.

시골에서 새끼 꼬는 것 보셨지요.
일단 두 발로 꽉 잡고 손으로 비틀지요.

잉크병 여는 것도 마찬가지예요.
한 손으로 잡고 다른 손으로 비틀잖아요.

그처럼, 대상을 고정시킨 뒤에
의미를 비틀어야 해요.
머릿속 생각은 다 똥이니까 버리세요.

말을 이리저리 비틀면서,
그 사이에 태어나는 의미를 살펴봐야 해요.

시가 얘기하려는 건

너무 가까이 있어서 볼 수 없는 것,

묻기 전에는 알았는데, 물어보면 모르게 되는 것,

말하는 순간, 그 말에서 빠져나가는 것이에요.

시는 직접적으로 얘기 안 해요.

어떤 것을 말하기 위해서는, 그 옆의 것을 말하지요.

「소엽시小艶詩」의 구절이에요.

빈호소옥원무사 頻呼小玉元無事

지요단랑인득성 只要檀郎認得聲

자주 소옥이를 부르지만, 무슨 일 있어서가 아니네.

다만 낭군이 제 소리를 알아듣게 하려는 것뿐.

이런 게 전형적인 시의 방식이에요.

제가 왜 동시童詩로 가지 말라 하냐면,

동시엔 고통이 없기 때문이에요.

항상 자기 자신과 대상을 고통 쪽으로 가져가세요.

시는 이렇게 기도하는 거예요.

"당신 뜻대로 하시고,

그것을 받아들일 용기를 주소서."

그처럼 시는 자기를 불리하게 하는 거예요.

오직 무력함으로써만 힘을 가질 수 있는 게 시예요.

손등이 까졌을 때
공기 중에서는 아픈지 모르지만,
물에 집어넣으면 따갑지요.
특히 소금물에 넣으면 더 쓰리지요.

진실한 것, 올바른 것, 아름다운 것은
모두 그렇게 쓰린 거예요.

시로 들어가는 입구가 호기심이라면
시에서 나오는 출구는 쓰라림이에요.

삶이란 참 속절없는 거지요.

그 때문에 시가 속절없는 거예요.

내 힘으로는 어떻게 할 수가 없는 것.

태어나는 것, 밥 먹는 것, 연애하는 것,

오줌 누는 것, 꽃 피는 것, 머리카락 자라는 것,

모두가 속절없는 것들이에요.

「사철가」라는 노래 아시지요.

"내 청춘도 날 버리고 속절없이 가버렸으니……"

살아 있는 모두가 덧없고 뼈마디 시리다는 걸 잊지 마

세요.

진도陣陶의 「농서행隴西行」에서
앞의 두 행은 평범한 전쟁시인데,
뒤의 두 행이 가슴을 치지요.

가련무정하변골 可憐無定河邊骨

유시심규몽리인 猶是深閨夢裏人

강가에 널린 해골들이
꿈속에서 여인들이 그리도 그리워하던
사람들이었다는 거지요.

수석 하는 사람이 평범한 돌의
묻혀 있는 부분을 읽어내듯이,

병뚜껑을 보고 사라진 빈 병을 기억하듯이,
빙산의 일각을 보고 잠겨 있는 전체를 짐작하듯이……

시는 그렇게 미래에 묻은 공룡을 향하여 가는 기예요.

이성복의 책

시

『뒹구는 돌은 언제 잠 깨는가』 (문학과지성사, 1980)
『남해 금산』 (문학과지성사, 1986)
『그 여름의 끝』 (문학과지성사, 1990)
『호랑가시나무의 기억』 (문학과지성사, 1993)
『아, 입이 없는 것들』 (문학과지성사, 2003)
『달의 이마에는 물결무늬 자국』 (문학과지성사, 2012)
『래여애반다라』 (문학과지성사, 2013)
『어둠 속의 시: 1976-1985』 (열화당, 2014)

시선

『정든 유곽에서』 (문학과지성사, 1996)

시론

『극지의 시: 2014-2015』 (문학과지성사, 2015)
『불화하는 말들: 2006-2007』 (문학과지성사, 2015)
『무한화서: 2002-2015』 (문학과지성사, 2015)

산문

『나는 왜 비에 젖은 석류 꽃잎에 대해 아무 말도 못 했는가』 (문학동네, 2001)
『고백의 형식들: 사람은 시 없이 살 수 있는가』 (열화당, 2014)

아포리즘

『네 고통은 나뭇잎 하나 푸르게 하지 못한다』 (문학동네, 2001)

대담

『끝나지 않는 대화: 시는 가장 낮은 곳에 머문다』 (열화당, 2014)

사진 에세이

『오름 오르다: 고남수 사진』 (현대문학, 2004)
『타오르는 물: 이경홍 사진』 (현대문학, 2009)

연구서

『네르발 시 연구: 역학적 이해의 한 시도』 (문학과지성사, 1992)
『프루스트와 지드에서의 사랑이라는 환상』 (문학과지성사, 2004)

문학앨범

『사랑으로 가는 먼 길』 (웅진출판, 1994)